Unas personas

© 2019 Jairo Buitrago (texto)
© 2019 Manuel Monroy (ilustraciones)

D.R. © Editorial Océano, S.L.
Milanesat 21-23, Edificio Océano
08017 Barcelona, España
www.oceano.com

D.R. © Editorial Océano de México, S.A. de C.V.
Homero 1500-402, col. Polanco
Miguel Hidalgo, 11560, Ciudad de México
www.oceano.mx
www.oceanotravesia.mx

Primera edición: 2019

ISBN: 978-607-527-889-6          33614082036376

Depósito legal: B 20707-2019

HECHO EN MÉXICO/*MADE IN MEXICO*
IMPRESO EN ESPAÑA/*PRINTED IN SPAIN*

9004806010919

# Unas personas

Jairo Buitrago
Manuel Monroy

**OCEANO** Travesía

Es una ciudad grande, tan grande
que los que viven allí parecen bichitos.
Si pasamos la página para acercarnos
podremos conocerlos.

Miremos primero esta ventanita. ¿Lo ven?
Este niño de acá heredaba la ropa de sus hermanos.
Por eso estaba siempre remendada y descolorida.
Para abril, en su cumpleaños, su abuela le regaló
unos calcetines nuevos.

Para finales de mayo
este hombre compró unas manzanas
y se sentó a esperar el autobús.
Le regaló una a una nena
que también esperaba.

Luisa descubrió en la biblioteca pública un libro sobre Juana de Arco y su vida cambió para siempre.

Un día que lloviznó desde la mañana
él invitó a una chica al cine.
La esperó puntualmente frente al teatro,
pero ella nunca apareció.

Esta muchacha pelirroja
encontró una nota en la calle.
La guardó durante mucho tiempo
dentro de un libro:

"El amor permanece."

Casi nadie fue
a su fiesta de cumpleaños.
Fue en octubre y llovía mucho.
Su abuelo se disfrazó de gorila
ese día.

Juliana no fue a la escuela.
Regresó a su casa sin decirle nada a nadie.
Cerca del mediodía, mamá la descubrió
en el armario.

Una tarde, en febrero, este señor pudo hablar
con su compañera de asiento sobre *Moby Dick*.
Ella parecía interesada y feliz. Nunca
coincidieron otra vez.

Angélica llevaba a su pato al cine.
Un día alguien con una linterna
le dijo que no podían estar ahí.

Una tarde, un domingo en el campo,
dos hermanos pudieron acariciar
una lechuza que había rescatado el papá
en la buhardilla de la casa.
Jamás lo olvidaron.

Un señor en un avión
cambió de puesto con un chico
para que pudiera ver el volcán
nevado por la ventanilla.
El chico se mareó.

Un día y con maletas esta niña
se fue de casa con la mamá.
Nunca regresaron. Ella tenía un
pececito que dejó en su escritorio.

Éstos somos nosotros:
los que escribimos y dibujamos este libro.
Somos unas personas.

Acá viene